倾听缪斯的絮语·中国当代唯美诗歌精选

韩少君　高长梅　主编

# 打开天空的钥匙

卢卫平　著

九州出版社
JIUZHOUPRESS ｜全国百佳图书出版单位

**图书在版编目（CIP）数据**

打开天空的钥匙/ 卢卫平著. -- 北京：九州出版社，2014.3（2021.7 重印）

（倾听缪斯的絮语：中国当代唯美诗歌精选 / 韩少君，高长梅主编）

ISBN 978-7-5108-2773-0

Ⅰ.①打… Ⅱ.①卢… Ⅲ.①诗集 – 中国 – 当代 Ⅳ.①I227

中国版本图书馆CIP数据核字（2014）第041895号

## 打开天空的钥匙

作　　者　卢卫平　著
出版发行　九州出版社
地　　址　北京市西城区阜外大街甲35 号（100037）
发行电话　（010）68992190/2/3/5/6
网　　址　www.jiuzhoupress.com
电子信箱　jiuzhou@jiuzhoupress.com
印　　刷　北京一鑫印务有限责任公司
开　　本　720 毫米 × 1000 毫米　16 开
印　　张　10
字　　数　115 千字
版　　次　2014 年 4 月第 1 版
印　　次　2021 年 7 月第 5 次印刷
书　　号　ISBN 978-7-5108-2773-0
定　　价　32.00 元

# 前言

诗歌之美源于自由：心灵的自由，精神的自由。

作为和时代同步的诗人，他们有着敏感的内心，用灵动、柔软、圆润、晶莹的内心亲近生命，感受光明，传递善良。诗歌写作，毫无疑问就是诗人内心的独白。写生命的开始和消亡，写河流，写大地，写一草一木，写细小的生命所散发的温暖。

诗人实际上是用作品还原事物的本真和他们内心的脆弱。

诗人大解似乎要通过诗歌表达忏悔和矛盾，确认人生在世，乃至宇宙中所处的位置。他精神向上，姿态低垂。他热爱拥有的东西，感恩生命、亲人，近距离触摸大自然。他一直叩问，不断追求灵魂的自我解脱之道，他是真诚的，也是谦卑的，他在用自身的体验对世界进行深度的观察和理解。

他的诗，在阅读上没有难度，不设障碍，但也从不缺少智性的留白，他像个耐心的工匠，从自己的角度向世界提出问题，每个人得到的启示不一定相同，答案却自留在了世界运转的法则中。

在当下的女性诗歌写作群落里，诗人李南有着自己独特的声音。这声音仿佛暗夜里的光，有温暖而悲凉的双重听觉，更有直入心灵的力量，这力量来源于她目光的向下和心灵的向上。

李南的诗歌充满温情的力量。从世俗熔炉提炼出来的优雅，感伤背景中掩饰的痛楚，形成了她个人特色的冷峻诗风，在描述现实生活的同时又不局限于现实，相对完整地把人生经验和艺术体验呈现于她的创作之中。

卢卫平对词语具有的尖锐而深刻的呈现能力，他从不回避眼前的现实生活，并从中提取真质而凝重的精神意向。他在诗中开辟了自己对观念的呈现和提升的特殊途径，赋予普通事物以诗意化的时代符号。卢卫平的诗作，对观念的确立和诗意阐释，体现出了他所具有的特殊力量的创造性思维和深入精神本质的超常潜能。

经历了多年的沉寂之后，韩文戈带来了一批沉郁的充满中年情怀的诗篇。一种更为谨慎的态度成全了他作品的厚度。

当生活经验与生命体验融合为一，韩文戈的诗穿越时间和空间，超越疼痛与隐忍，展示了一个成熟诗人对世事的感悟，其稳健的诗风也使得他的作品具有了经典意义。

琳子的诗直面现实，本真、质朴，有着鲜明的女性特征和觉醒意识。她善于通过简单的物象来体现人世的大爱大美，尤其是在表达母性和女性意识上，充满理性客观的思考。她还是那种善于在生死这个永恒的主题上发现美、抒写美的诗人。

起于浮华，超乎事态，韩少君的诗歌更具先锋性，他说他从事的是一项在场的叙述性工作，他的诗歌有广阔而深沉的背景，语言简洁，收放自如。韩少君善于从日常经验、个体的生命意识出发，寻找日常生活中的诗意和反动，在经验的世界之上感受另一种生命的真实。现实赋予了他诗歌的力量，也让他在这种力量中感受到自身的强大。他的很多诗篇充盈着批判的人文精神，在这种批判和看似无序之中，我们看到的是一个更纯粹、更可信赖的诗人。

王久辛一向保持着自尊与自强的诗人倨傲的人生态度，他或"以诗进入历史，出入战争"，"写得大气磅礴，狂放不羁，洋溢着浓烈的民族感情和人间正气"（诗人获首届"鲁迅文学奖"时高洪波语）；或借事言怀，借史明义，借景抒情，"表达诗人壮烈的人道情怀和悲悯意识"。王久辛更是一位在艺术探索上颇为精进的诗人，试图追求一种在艺术上经得起时代检验的诗歌语言，"追求语言的最大内蕴与张力，建构诗歌独特的审美空间，追寻意象的魅惑力"（文学博士谭旭东语）。

此外，张庆岭诗的成稳，高非子诗的清隽，90后代表苏笑嫣诗的青春活泼都各具特色，都值得读者的关注。

我们的工作是将这些作品呈现出来，希望给人以启迪，从而引发深深的思考。

# 目录

目 录

第一辑

一个人走在旷野

# 中年货车

我知道,还可以装一些不肯熄灭的酒

一些喜鹊吵不醒的梦,一些大海的豪言

一些闪电的愤怒和冰雪的泪水


但我不再装了。我要留下一些空间

让风吹过时有短暂的停留,为写着诗句的纸片

为一朵不愿意凋谢的墨菊


我知道,还可以用力踩没有生锈的油门

在不知终点的高速公路上狂奔

从群星闪烁的子夜到细雨蒙蒙的黎明


但我为了省下一些心跳

给开花的铁树,夕阳里散步的蜗牛

生锈的水龙头和记忆中所有越来越慢的事物

我走在来时的路上,遇见的人都似曾相识

当年栽下的白桦树,为远走他乡的落叶

回到枝头,一个冬天没合上眼睛


起点就要成为终点。我不再担忧

刹车会在玫瑰绽放的瞬间失灵

不再担忧悬崖上有拐不过的急弯


在这条路上,谁也无法调头

我应该还有足够的时间卸下青草的悲悯,豹子的名声

泥土的情感和像石头一样被反复命名的自己


大地上应该还有足够的山水

让我选择我成为废铁后

最后安顿的地方

# 安 慰

午夜,雨丝不再相互缠绕

我听出了乱云在为此前的吵闹声

向我道歉,这让我感到安慰


为缝补多年前那件你在诗中撕破的

黑色衬衫,凌晨三点,我还在用一丝丝痛

穿过记忆渐渐昏花的针眼


过时的岁月熟睡在雨水的空隙处

他们不会知道熄灯后,入睡对于我

是怎样艰难。当眼睛屏蔽了天花板

潜意识活跃起来惊醒流水

雨滴又开始相互追赶。要不是玻璃柔软

我的心就会被敲碎

一只鸟儿,我的新客人

在窗台上不停颤抖

像一个迷途者刚看见人烟


为它我重新打开灯,让太阳

从我九平方米的卧室真正升起一次

我发现,睡眠是多么需要被安慰

# 终 于

终于习惯了在白天的喧嚣中沉默

夜晚却响起了无法抑制的鼾声

是什么让我睡着了还在喊叫


终于因为磨难有了骨气

五万斗米我也不会折腰

诊断书上却宣判我是骨质疏松症晚期

终于知道我手中那些千辛万苦的沙子里

有世人看不见的黄金

它们却都在我紧紧抓住时纷纷流逝

终于可以清晰地听见自己的心跳

可身体那列渐渐老去的火车

每次喘息都拉响拐弯或即将到站的汽笛

终于站在自己建造的高楼顶上

瞬息万变的云彩就要为我加冕

我却看见了整个世界都在随我颤抖的双腿摇晃


终于在向疾病学习的过程中学会散步

夕阳的余晖里有我最好的藏身之所

那个承诺跟我捉一辈子迷藏的人却厌倦了寻找

# 月末

每到月末，他就会搬动家具

有限的几件家具在他无限的想法中

反复改变着他狭小的生活


搬动得最多的是沙发和床

他用搬动沙发来变换窗外容易厌倦的风景

和喧闹而单调的鸟声


是同一个沙发，还是另一个沙发

经常来喝酒的几个写诗的朋友

不止一次坐在被他搬动的沙发上争论

在一切为了有用的年代

他乐意听到这样无用的争论

他一直相信床能改变梦的方向

不耽误每一缕晨曦,许多人喜欢床头对着太阳

他不是这样。他希望太阳最后照到他

他总是在暗夜找到最闪耀的词


搬动衣柜时,他得竭尽全力

好像只有这样才能抖落风衣上

看不见的风尘。一件发白的棉衣


他舍不得丢掉,二十多年了

他就靠这件棉衣帮他记住故乡

他搬动相框,他不能让一张黑白照片


在一面墙上生出记忆的锈迹

那样墙会斑驳,他会眼花

独自一人时脆弱的叹息会充满沧桑

他最欣慰的是搬动鞋架

那些千辛万苦的鞋子

终于能够不用自己行走到达一个新的地方


他唯一没有搬动过的就是书柜

这源自他对海德格尔和博尔赫斯的敬畏

静默的书里他们说出了世界的秘密


他最好奇的是一个又一个月末

搬来搬去的家具从未对他表达过

一丝一毫的厌烦,并用薄薄的灰尘提醒他搬动

打开天空的钥匙

# 石头和水

那年我七岁,在池塘里打水漂

石头为了自己走得更远

不停地划伤水,石头嚯嚯的声响里


有水的疼痛。石头沉没了

水面上只留下一圈圈叹息

我性格中的柔软从这叹息里开始


上学路上,要经过一条小河

枯水季节,河里的石头比水多

我光着脚,走在这些石头上


光滑,圆润,没有划伤的危险

从山上流下来的水在暗中费了多少心血

才把石头教育得这么温顺

我一直怀疑我的世故跟这些石头有关

上地理课后,这条叫倒水河的小河

流到了长江。我也跟着它到了省城


在长江边上,我一次次试着将一块块石头

从北岸投掷到南岸。我扔出的石头在中途落水

我人生的许多失败都是这些石头落水溅起的回声


此刻,我放下渔竿,坐在海边

看见大海开出的花朵在瞬间凋谢

看见即将分离的人说着海枯石烂


我微微一笑,像夕阳消逝前在海面闪烁

再过一会儿,大海就会退潮

我会在海滩上拾捡到大海给我的贝壳

但我起身走了,多少年过去了

我已不再纠缠于水落石出

时间堆积的淤泥下无数失去棱角的石头无疾而终

# 年近半白

岁月的冬天不会将雪下错地方

白茫茫的镜子里，我的头发白了一半

窗前，半江碧水白白流走

母亲不在了，留下父亲在半个故乡

守着半边天空，白云千载空悠悠

还赞美白露吗？它已在半夜凝结成霜

风雨中的半老徐娘

就是当年西湖边

那个朝思夜梦的白蛇娘子？

无法摘除的白内障里

萍水相逢爱过的人，一刀两断恨过的人

都已面目模糊。白日依山尽

但我不会再上鹳雀楼

我黄昏的阁楼里有一张白蒙蒙的书桌

一本白色封面的诗集在等着我

去听白鹤在旷野孤独的哽鸣

去看白鹭在暗夜忧郁的舞蹈

揉皱的稿纸上有我提前写好的墓志铭

我不会交白卷

我不会恐惧魔鬼交卷的铃声

酒肉过后,一棵白菜

足够陪伴我剩下的白发飘飘的半生

# 多年后

多年后,我将年逾古稀

没有衣锦,我也还乡

写完这首诗,我就开始注意饮食和卫生

坚持慢跑,不发怒,为多年后还能种丝瓜

小白菜、朝天椒、刀豆积攒一些力气

这是我一生相依为命的蔬菜

如果还有空闲,我将在我房前屋后

栽下一些的竹子,竹子里的风声

会替我回忆我清贫的一生

如果下雪,竹叶上轻轻颤动的雪花

多像我的白发闪着逝去岁月的光芒

我有足够的耐心等到竹子拥挤时

开始编织竹篮,一天编一个

我为每个竹篮取一个乡土的名字

写五十字以内的编织笔记

打开天空的钥匙

这些无用的名字和笔记

只是为了给一模一样的竹篮

一个短暂的记忆和区分

一年三百六十五个竹篮,装着竹子生长

耗费的时光和我最后的积蓄

谁一无所有,谁口干舌渴

我愿意把所有的竹篮给他

我唯一的心愿就是他能打到水

# 蔷薇

春天来了，花园里我认识的花都开了

这是桃花，它依旧满脸泪痕

为它天生的红颜薄命

为风中纷纷传扬的绯闻

紧挨着桃花的是杜鹃

它和一只鸟同名，这让我认识它几十年了

仍然猜不透它夜半的心思

杜鹃的背后是杏花

从唐诗开始，它就在用雨水默默洗刷

自己在江南的清白，它的眼前站着栀子花

在乡下，它常戴在我妹妹的辫子上

我只听见妹妹在栀子花的芳香里

唱过奶奶教会她唱的一支老歌

还有玻璃翠，彩叶草，风铃草

垂丝海棠，三角梅，九里香，百日红

我刚认识它们,除了好看

我还没有为它们找到更多的词

杨柳轻抚的水边,那低着头的是什么花

它的样子好像怕我认出来

可我还没来得及问我身边看花的人

我就听见它报出自己的芳名

我叫蔷薇,我的名字是花中笔画最细致的

用毛笔正楷写我名字的人

要怜香惜玉,要有白头到老的耐心

# 葬花词

如果不去想它的毒,罂粟

就是世界上最美丽的花

波德莱尔四十六年的忧郁

没有走出它给巴黎酿造的幻觉


没有谁会想到,里尔克会死于玫瑰

他一生赞美玫瑰,但玫瑰的红

没能让血浸透他五十二岁的鹅毛笔


宦海中沉浮,出污泥而不染

为与荷花相拥而眠,屈原溺水而亡

六十二岁的《离骚》穿越时空的叹息


为桂花的暗香,大江东去的苏轼

在月亮上建造虚无的蟾宫

如梦的人生,在六十四岁的夜晚

打开天空的钥匙
*Dakaitian Kongdeyaoshi*

发酵成一坛千年的烈酒


菊花的黄,让李清照一生的爱恋面无血色

七十一岁的黄昏,一层薄霜

为她写出清瘦的挽联


陆游八十五岁了,嘴里还吟着钗头凤

一把老骨头,比梅树的枝丫坚硬

梅花零落成泥,他才含笑闭上眼睛


这些幸运的花,这些陪伴诗人安葬的花

它们找到了复活的秘密

就像此刻,我面对一朵昙花

我愿意用一生为它找到一个词

让它瞬间的开放成为永恒

# 河边的故事

河水淹没在它的流动中

我淹没在你河水一样的话语中


无数人来过这条河边

垂柳,水草,落花,纸船,鱼虾和卵石

在隐喻中,他们带走了他们需要的事物


他们留下了河水

留下河水淹没它的流动

我来到河边,只听见你的话语闪着粼粼星光

河水不知道它的去向

我渐渐忘了我的来路

# 大海痛苦的席卷中

大海痛苦的席卷中

冲浪者找到长久埋葬后

瞬间复活的狂喜


我不知道我的缰绳

握在谁的手中

谁能从刀锋上拉我回来


人间的灯盏在午夜熄灭

黑暗的鼾声里

最熟悉的人最陌生


从遥远的国度

你借着星光把我安慰

把我清冷的谷仓照亮

# 时间并没有放慢脚步

一些事，简单而熟练

但我现在做起来，不知不觉慢了

比如刷牙，洗脸，梳头，照镜子

饮一壶浓茶，喝一杯老酒

吃熟透的杞果，嚼带骨头的肉

读一本线装书，写一封家书

走一条小路，不踩到蚂蚁

送别友人，转身后听见他的抱怨

看潮水在夕阳中淹没沙滩上的脚印

在这样的慢中，大海渐渐陈旧

钟表锈迹斑斑，曾经的车水马龙

终于在内心偏安一隅

我知足，平静，不在一朵杏花的凋谢里

回忆昨天，不在一只苹果的芳香中

想往明天。偶尔的惊慌

来自镜中那个渐渐陌生的人

他用牙齿脱落后空洞的缺口告诉我

时间并没有放慢脚步

它一直在奔跑,不知疲倦

# 无人听见果实的迷茫

它必须放慢成熟的节奏

它必须在采摘它的人从北极星下

到达之前，让弯腰的树枝能够承受

它身体和思想的重量


在蜜蜂诱惑它提前开花的夜晚

它就希望它的甜蜜有人分享

午后，它第一次说出真理

它在为种子寻找精神的土壤

它惧怕自己的坠落无声无息

可谁能让年轮倒转拨回时间的发条

风吹叶响，鸟在歌唱

无人听见果实的迷茫

# 溪水辞

遇见大海前,你不要向任何人说

你在深山中的孤独,你的身世

是你一生的秘密。你遇见的石头

长满青苔,它对世界只有沉默

你叹息,甚至抱怨,它都不会厌倦

你遇见落花,它会将你当成流不完的泪

它曾经狂野的芬芳,现在只剩下

隐秘的哀怨和忧愁。你在悲悯中

不要忘了你曾在积雪中的冷静

你会遇见仙人掌,芨芨草和沙漠

它的干渴和狂喜,会改变你的方向和诺言

盐碱的苦涩中,你要有足够的理智清醒

你会遇见河流,你会像河流一样

让鱼在黑暗中呼吸自由,让浪花

听见鱼的呼喊,让岸上的每一棵树

都成为自己的风景。你会遇见湖泊

蓝天白云的倒影,闪烁在你童年的照片里

你拿出小镜子,垂老的天鹅

看见自己旷世的美丽

临终前不会唱最后的哀歌

在你遇见大海后,你也许会懂得

大海能拥有天空的蓝色

是因为大海有天空一样的辽阔和深邃

# 致——

童年心灵的纯真,青春感官的挥霍

多少回忆中的事物都已消逝


一本书,灯光下的维特根斯坦

让你和我拥有了一个与物质无关的夜晚


树已落叶,这样的夜晚多么美好

世界因为一扇窗子显现了无限的辽阔


星星在说话,还有多少东西需要遗忘和舍弃

这样的夜晚才会经常来临

# 一个人走在旷野

乌鸦的叫声让他抬起头

他看见乌鸦的翅膀下

藏着黑色的闪电


他的铠甲瞬间被击穿

裸露在风中的

只有他内心的枯草


他身后的衣袋

有他一生的干粮

到此时他才会意外找到

第二辑

对一朵云的赞美

# 我承诺过每一块劈柴

一夜间,春天的草药

治愈了大地的健忘症

在冰中坚持歌唱的水

已打开浪花的喉咙

在蛹中沉睡的蝴蝶

已找到五彩的翅膀

但我仍不肯熄灭冬天的火炉

这不是忏悔,也不是怀旧

我承诺过每一块劈柴

让它们燃烧,让它们的火焰

模仿风中的树在词语上舞蹈

这是它们的前世今生

我不能宽恕被我劈开的劈柴

在雨中腐烂,成了蛀虫的乐园

打开天空的钥匙

# 书 签

乐园路是单行线,所有机动车

国产的,进口的,半国产半进口的

只许自西向东,不许自东向西


乐园路只有两百米,为这两百米

我每天上下班,至少要绕行两千米

电子警察不会因为我认识它而放弃对我的监控


哲学告诉我,否定之否定即为肯定

如果在乐园路上自东向西倒车两百米

电子警察就不会开出罚单


电子警察不懂哲学,一个星期

我就收到两百元的罚单:在单行线上逆行

我将罚单夹在西方哲学史中,当作书签

# 握手言和的时候到了

坦途或曲径，上坡或下坡

我的左脚和右脚，在我决定行走的瞬间

达成妥协，但我的双手却没有停止过争斗


左手向前时右手向后，右手向前时左手向后

左手想抓住风，右手想扔掉落叶

右手在获得鲜花时，左手在失去掌声


直到我的双脚被一块石头暗算

支撑我身躯的双手用伤口说出

握手言和的时候到了

秋天来临，路还很远，也许无法到达终点

但我的左手和右手在背后相互取暖

我的每一步都像是陶潜在东篱下采菊

# 灭蚊器

早晨醒来，我看见灭蚊器

暗蓝的光还亮着，但没有一只蚊子

多么陌生的夜晚，我不知道

灭蚊器用怎样的眼光看睡梦中的我

幸好它不知道我梦见了谁

我后悔在睡觉前插上灭蚊器

漫长的夜晚，它通体透明

却没有等到一只蚊子触碰它时发出的

一声脆响。它多么执着，它多么喜欢听

这样的声音，像我在失眠的夜晚

希望听见脚步声，经过我窗前走在黑暗中

# 烛光晚餐

烛光还亮着,吃烛光晚餐的人

已熄灭在夜色中。他们去了哪里

也许只有星星知道,桌上,两只咖啡杯

还在彼此回味着伴侣的味道

它们停止表白,只想靠得再近一些

盘中的牛肉有八成熟,但刀叉已经累了

放弃了最后一次切割。两张椅子在落寞中

猜测对方的心思,是谁不再挽留

记忆再忙碌,也无法弥补现实的虚空

服务生吹灭烛光,但他不会去留意

那游丝一样的青烟是纪念还是告别

有一个面包,他们两个人都啃过

但仍剩下一半,此时正打着哈欠

像是对这里的音乐有点厌倦

再过几分钟,桌上会亮起另外的烛光

轻轻的几次摇曳,眼前的一切

就模糊得像从未出现过

# 有些疑惑不需要答案

有些疑惑不需要答案

比如此刻，我坐在海边

看见大海就是一匹无边无际的蓝绸布

在风中轻轻抖动

大海的织布机安装在哪里

有多大的染坊才能把大海这匹布染蓝

我不知道答案，也不希望别人告诉我答案

沧海沉浮，我全部的激情来自世界的神秘

我因此经常坐在海边

海鸥因此有更多时间朗读我写给大海的诗篇

# 中国父母

人往高处走,高处有星星

在你额头闪耀,你的前程月亮一样光明

但你现在不要爬树,无论门前还是屋后

爬树摔下来,会把你摔残废

会把我们颤颤巍巍的心摔碎


大海辽阔,蔚蓝的彼岸

大海日出的壮观,金色的光辉

你将得到波涛永不停息的赞美

但你不要独自到河边玩耍

水草下有喜欢缠住小孩的水鬼


远方太远了,我们踏破铁鞋不曾到达

我们做你的背影,你将在远方找到

属于你的永不凋谢的玫瑰

但放学后，要准时回家

路上陌生的风景都不要理会


要相信正义的闪电一定会刺穿邪恶的乌云

但看见有人偷伞，你最好转过身去

要相信真理的灯光一定会照亮谎言的暗室

但扒掉皇帝的新衣只是童话

现实中你要有沉默是金的智慧

要相信爱情，风中的彩蝶会飞到你眼前

你要有自信去追，但婚姻是柴米油盐

要门当户对，白马王子和灰姑娘

锦衣玉食的公主和家徒四壁的秀才

是千古绝唱，只留给人间擦不干的泪水

打开天空的钥匙
*Dakaitan Kongdeyaoshi*

揪心的中国父母，枕戈待旦

仅仅因为儿女风吹草动

矛盾的中国父母，千百年来

已习惯了先把小鸟的翅膀捆住

然后再教小鸟练习飞翔

# 人们纷纷回到船舱

人们纷纷回到船舱

我站在甲板上

看见当船在一片海水上划出巨大的伤口

另一片海水会立即赶来

用身体里的盐为伤口消毒

让伤口在瞬间愈合


人们纷纷回到船舱

我站在甲板上

一阵风吹来让我清凉

另一阵风立即赶来让我更加清凉

风用自己的远去把我留在这里

像忘记诺言的你一样

# 遥寄

那些在乌云中迷失的事物

那些在闪电中撕裂的事物

会随雨水回到你身边


那些谎言的浪花

在真理的礁石上破碎时

你会听到大海古老的歌声


星星醉了,月亮的银色酒壶里

还剩下最后一杯酒

我把它洒在大地上


你如果能早点醒来

一定会看见每一棵小草因担心露珠熄灭

在微风中忍住摇曳

# 对一朵云的赞美

真美啊——对一朵云的赞美

不是因为它洁白,不是因为它在蓝天上的飞舞

减轻我下班路上沉重的脚步


它从故乡的方向飘来

父亲告诉我,大旱的故乡下了一场透雨

父亲电话里的喜悦超过三年前大病痊愈


我认定这朵云

是在我千里外的故乡下过雨的那朵云

它对故乡的馈赠让我愧疚,让我感动

# 每天都在发生的故事

他将守候半辈子的树连根拔起

不是因为他再也没有

捡到第二只美味的兔子


他无法忍受的是

在秋天给他带来幸运的树桩

在春天长出新的枝丫


随着枝丫上每天都有小鸟

自由自在跳跃和歌唱

他绝望地举起了那把锋利的锄头

# 嫉妒

我的左眼嫉妒我的右眼

我的右眼也嫉妒的我左眼

有很多明亮的风景因为它们的嫉妒而变得模糊

我不得不睁一只眼闭一只眼


我的左耳嫉妒我的右耳

我的右耳也嫉妒我的左耳

有很多清脆的声音因为它们的嫉妒而变得嘈杂

我不得不一只耳朵进一只耳朵出

我的左手嫉妒我的右手

我的右手也嫉妒我的左手

有很多美好的事物因为它们的嫉妒而变得沉重

我不得不一只手紧握一只手松开

我的左脚嫉妒我的右脚

我的右脚也嫉妒我的左脚

有很多迷人的远方因为它们的嫉妒而变得虚空

我不得不一只脚起飞一只脚坠落

# 在大地的轰鸣中

在大地的轰鸣中

你成了聋子,听不见我说话

听不见我指尖上的词语

在月光下敲叩你油漆剥落的门窗


你曾说,世界上最美好的声音

是一枚绣花针落地的声音

是一颗流星划过天空的声音

皮肤的寂静中你听见血液的春雷

露珠的晶莹里你听见夜晚离去的脚步

那是一个多么安静的时代

你不知道是谁开动神秘的机器

让大地不分昼夜轰鸣不息

就像我不知道还有谁能在波涛的怀中

听见一滴雨水的呼喊

# 三只鸟

一只鸟，在雨中飞翔

在屋檐下躲雨的人

知道鸟为了闪电用雷声掩盖哭泣

用雨水淹没泪水


一只鸟，在暮色中盘旋

在楼顶上远眺的人

知道鸟在用最后的光线

翻阅天空中闪烁其词的故乡

一只鸟，在枝丫间跳跃

在窗前形单影只的人

知道鸟迟迟不愿归巢

是渴望它弹奏的木琴有人听懂

# 一万或万一

海鸥的歌声里，一朵浪花

有一万朵浪花的洁白和欢乐


风帆的叹息中，一万朵浪花

只有一朵浪花的蓝色和忧郁


广场上，喧嚣的人群

一个人有一万个人肤浅的欲望


孤灯下，静寂的背影

一万个人只有一个人深刻的虚无

# 波罗的海

我从未见过波罗的海

但当我看见它

它一眼就认出了我

我猜想，可能是南海

跟它提起过我

南海每天都用蓝色信封

跟世界上所有的海通信

我和南海很熟

我在南海的波涛里

生活了二十一年

# 哥特兰岛的午夜

波罗的海发出的鼾声不需要翻译

我听懂了鼾声中的蓝色词语

我醒着,教堂顶上的十字架也醒着


我醒着,是因为时差

此时,我的国度拥堵在上班的路上

阳光下每一张脸上都写着匆忙


十字架醒着,是因为它的祈祷

还没有完成,它在祈祷天堂的星光

不要放弃灯盏熄灭后的大地


此刻,在我的国度

无数的人正在想新的一天还有什么可以得到

而我在哥特兰岛只想还有什么没有失去

# 午夜的声援

马路对面的高楼里

有你的同胞在午夜惨叫

你用叫声为它声援，直到它安静

直到风吹树叶发出世界的鼾声


你不认识它不知道它的主人是谁

只要是同胞

哪里有惨叫，哪里就有声援

这是你的哲学


你也睡去了，而我被你的声援

吵醒后，却无法入眠

我想起那一个个痛哭的夜晚

除了我的哭泣

黑暗中没有一丝声响

打开天空的钥匙
Dakaitian Kongdeyaoshi

# 决 定

当太阳因为黄昏中一只蚂蚁的疲惫

决定收回它播洒在尘世的光芒

我坚信——大地上有足够的露珠

足够的花朵和草木,足够的翘首盼望的雪山

足够的低头等待的河流

足够的依依不舍的灯盏

足够的在黑暗中闪闪发光的事物

让太阳仅仅一夜就收回了它的决定

# 雪的诗学

雪多简单

但扫雪的人找到了雪的复杂

他说,雪有野心

想用白覆盖一切事物

雪不会因为他停止降临

雪依然悄无声息

谁懂雪？雪用融化

洗涤他灰蒙蒙的眼睛

# 残 荷

作为荷,它已厌倦

一个春夏,有谁在水面上

撑着雨伞而不厌倦


没有雨能打湿水

没有池塘能点燃水的火焰

它开花,只为建一座莲房把心紧闭


它渴望成为残荷

风霜里,一幅画因它的疼痛

不再担心画框上时间的锈迹

# 春天的鸟群

沿着熟悉的律令

它们聚集在一片薄雾的树林

从一缕风和一粒叶芽开始

它们说出了在冬天羽毛一样

默默生长的每一个念想

它们语速的急迫让所有的倾听者

感觉到它们是在争吵

为一切可能的事物

但它们什么都不反对

因为春天来了

它们似乎比人类更懂得春天的对错

它们希望没有谁打断它们

它们希望不管是谁被吵醒

说出的第一句话都是感谢

而不是责备

因为,春天来了——

打开天空的钥匙

# 枪声响过之后

枪声响过之后

天空因鹰的坠落而云朵低垂


人们照常奔走在没有尽头的路上

脚步声淹没了枪声


麻雀在惊恐中成了哑巴

地上的谷粒让它们后悔自己的翅膀


只有乌鸦沿着鹰曾经飞过的足迹

列队啼哭为鹰送葬


鹰遇难的消息让我看见了天空的疼痛

乌鸦的黑暗照亮了我的悲悯

# 白桦树

经历了许多人和事后

我为二十年来把你与榆树和槐树

并列在我的抒情诗中感到肤浅和愧疚


榆树和槐树,只是树中的乡土诗人

而你是树中的凡·高,你比凡·高更瘦

为了太阳一样的高度,你把枝丫减到只够活命


你用伤口在自己身上画眼睛

伤口越大,你的眼睛睁得越大

要看清尘世的什么,需要你那么多痛苦的眼睛


你只为了看清自己

头顶天空,而身体在大地上不被风花雪月扭曲

没有这样的眼睛,谁也无法做到

第二辑

今夜繁星满天

# 时间的迷雾渐渐散尽

他能记住的往昔

不管多么零碎

都是他对逝去时光的挽留

像流水磨光石头

他的额际,青丝脱尽

一面镜子将用反光照着他走在

薄暮的路上


他能说出的梦话

不管多么晦涩

都是他对坚硬现实柔软的改变

像落叶温暖大地

他的心间,尘埃堆积

几粒火星将用不肯熄灭的眼睛看他

忧郁的背影

时间的迷雾渐渐散尽

一只骨质疏松的老船

倒扣在岁月斑驳的河岸

风缓缓吹过，像靠岸前的桨声

隐隐约约的回音

他体内的铁钉

拒绝了他的腐烂

# 心脏之歌

当我再次坐上生活的过山车

我的心脏,却没有加快它的跳动


当酒在灰烬中再次燃烧

我的血液,在心脏的器皿中拒绝沸腾


它一直是我身体里最不顾一切的部分

现在它却最先在我身体里隐居


偶尔在某个夜晚,我感觉到它

它打开柴门迎接远道而来的客人


它已远离五脏六腑成为独轮

它将在一条小路上走完我人世的孤旅

打开天空的钥匙

# 乌云

乌云在风中,狂乱地飘动着天空的黑发

乌云的快乐,就是一只乌鸦的快乐

黑色的羽毛掩盖着洁净的身体

不明真相的人,只听到乌鸦的坏消息

乌云不亮灯的闺房里,住着白雪公主

她有一颗春心,让树木愿意在冬天

脱去衣衫,露出瘦小的肋骨

她知道沿着肋骨的梯子

能找到抵达春天的捷径

乌云的沉默里,谁在为天地立言

闪电的灵感,惊雷的朗诵

让乌云泪流满面。万物被号叫的天才

感动,石头成了不可一世的大师

谁能挽留乌云。乌云到了天边

就是乌云到了暮年,太阳的笑安静仁慈

白云在蓝天上放牧着刚刚沐浴过的羊群

我午睡起来,拉开惺忪的窗帘

从一杯乌龙茶开始迷恋屋子里的光线

不明不暗,正好适合渐渐近视的眼睛

平常时光中看着不舒服的那些事物

在这个时刻都散发着让我

心平气和的光芒

它们背后的黑暗,像乌云一样

成了我一杯下午茶里清淡的怀念

# 大海紧裹着一身夕阳

黄昏在炊烟巨大的叹息中

向行色匆匆的人打探落脚的地点

大海紧裹着一身夕阳

像风中打坐的高僧紧裹着袈裟

波动的嘴唇念念有词

我坐在一块垂暮的礁石上

从碎银一样的明亮里

练习如何用缓慢跳动的心

去温暖即将降临的冬天

我用于模仿自己的那面镜子

从这个傍晚开始

将不再闪烁

我是不是到了开口说话的时候了

那些沉默中的真理

会像清晨的鸟鸣

重新覆盖针叶林中弯曲的石径

# 迷茫

一条老河,从月亮的背面

流向落日。落日之下

是我渐渐荒芜的故乡。一个老者

白发照亮暮色,皱纹绵延旷野

在古船倒扣的河岸上

弹一曲失传很久的悲歌

我停下脚步,听见低语千年的河流

在他的琴弦上默默改道

此时,我不知道我怀念是浑浊的流水

还是随流水流走那朵凋零的落花

有没有云能收回雨水的泪滴

有没有泪滴能收回无声的哭泣

有没有愈合的伤口还能说出疼痛

有没有疼痛在唱着颂歌

落日之后,星星眼里闪烁的

是我恍若隔世的迷茫

# 夜蛾

漫长的黑夜,无边的致幻剂

让夜蛾还没有长出翅膀

就有了致命的经验

只要见到光亮,就一定是黎明

它能做的就是不顾一切地

把黎明抱在怀里

乡村的油灯,一盏比一盏善良

可就是因为夜蛾

让在灯下纳鞋底的母亲

一次次被针刺破指尖

我在灯下读书

母亲指尖的血和脸上的微笑

夜蛾烧焦的翅膀和火苗上的舞蹈

让我懂得了一生的疼痛和温暖

# 父亲的孤独

一夜风吹，院子里

落满泡桐树叶

我不知道父亲是什么时候起床的

我看见父亲时，他已经将院子里

所有的泡桐树叶

围拢到泡桐树的根脚处

初冬的故乡，风在池塘的水面

磨着刺骨的刀，用不了半天

这些树叶会再次撒满院子

第二天清晨，我看见父亲

在院子里将前一天的事情重复了一次

从父亲挥动扫帚的力量

我知道父亲希望那些树叶

围着泡桐树再紧一点

最好是风不再将那些树叶吹散

# 南唐后主

再给自己起一百个隐士的名字

你也无法隐藏你体内柔软的光芒

走下崇文馆的台阶,你的悲剧开始诞生


小楼昨夜,春风徐徐

月如小周后的脸,随柳絮憔悴

几滴寒星,如泪珠眨你故园的眼睛


生于七夕,死于七夕,却无鹊桥架通

昏君与天才之间的银河。是幸运还是不幸

历史和文学在时间岸上争论不休


也曾梦想在一壶酒里,在万顷波中

飘若茧缕,孤舟独钓,可你像个女人

坐在石头城上,你骨酥如水

成王败寇，一个帝王被诗词点化成蝴蝶

岂能存半壁河山。赵匡胤只识烈酒

只识黄袍，只识金戈铁马


佛没有救你，没有将砒霜化为蜜糖

金陵码头，观世音的微笑背后

是见血封喉的利剑，是雨一样的矢石


你只有一副柔肠，曲曲折折流一江春水

读你诗词的时候，我谅解了你

当皇帝只是你的业余爱好

打开天空的钥匙
Dakaitian Kongdeyaoshi

# 西楚霸王

在你举剑自刎的瞬间

我带着无数的乡亲,用方言大喊一声——

西楚霸王!你能住手吗


力拔山峦,气吞云天,我永远拥你为王

有你的怒吼,你的恸哭,历史悲壮

而不寂寞,山河沦陷而不荒芜


钢筋铁骨的背后,是一副儿女柔肠

自你痛别虞美人,古今多少长亭短亭

阳关古道,江南垂柳,都是一曲伤别离


一生只败过一次,一次就败了一生

败在一杯酒里。你不怕火烧连营

可将火藏在比水还冰凉的液体里,你便醉了

你选择乌江葬你乌蒙山一样伟岸的身躯

你选择女人为生命最后驿站

你是在告诉我,世界上最坚固的是水,是女人


历史冠冕堂皇,让地痞流氓穿上龙袍

一个亭长,流着口水的小小哈欠

竟能卷走你的铜墙铁壁


司马迁洞若观火,明察秋毫

他历尽千辛万苦,忍着奇耻大辱

在竹简上一寸一寸地为你收复失地

打开天空的钥匙

# 苦楝树

当年他栽下这棵苦楝树

是因为没有其他的树苗

是因为老家屋后的黄土只够苦楝树活命


多少年过去了，苦楝树只在他的想念中生长

花开的季节，雨水在枝头点燃紫色的火焰

这灼人的忧郁让它的果实无人采摘


喜鹊在椿树上筑巢，乌鸦在乌桕树上安家

苦楝树的枝丫间，只有麻雀玩着跳房子游戏

它接受谁的指令，每片叶子都在冰雪来临前覆盖大地


它是在为栽下它的人生长吗

他再次见到它时，这棵苦楝树

已长成故乡的消息树

看见了它,故乡就近在眼前

在苦楝树下,想起自己三十年风尘仆仆

两手空空仍在赶路,他后悔了


如果像这棵苦楝树一样哪里也不去

该有多好。他这样的感叹

让暮色中的炊烟在苦楝树梢迟迟不肯飘散

# 打开天空的钥匙

鹰在盘旋

像一枚孤独的钥匙

在落日巨大的锁孔里

忧郁地转动


暮色的羽毛纷纷降临

鹰即将收起翅膀

那未完成的飞翔

它会交给陌生的云


天空的诞生者

在星星的宫殿

找到闪闪发光的坟墓

我仰望着它宁静地安葬

# 葬我的母亲在山坡上

葬我的母亲在山坡上

不要太高,太高了

云雾缭绕,一年中有许多日子

母亲晒不着太阳

也不要太低,太低了

逢年过节,母亲踮起脚尖

看不见我回家乡


葬我的母亲在泥土上

不要太深,太深了

坟墓就是一座山,我不能让母亲

只剩骨头,还背着一座山

也不要太浅,太浅了

母亲会把风雨听成我在哭泣

母亲刚睡着,让她梦见杜鹃花香

葬我的母亲在心坎上

不要太重,太重了

母亲会埋怨日子漫长

要留一双轻便的腿脚赶路

也不要太轻,太轻了

我漂泊的灵魂找不到扎根的土壤

我暗夜的眼睛看不见家园的星光

# 今夜繁星满天

今夜繁星满天

今夜满天的繁星都是我在他乡遇到的故知

都会用方言感激我久久的仰望

是掩埋于功名，还是夭折在途中

是沉浮一世，还是孤寂一生

今夜他们都将因为我的怀念和赞美

像信徒一样在天国里静静复活

我用我能说出的每一个名字

给我看见的每一颗星星起名

最泥土的名字给最明亮的星星

最遥远的人让他在最近的山冈上闪光

他们生前在黑暗的石凳上

渴望一滴露水的照耀

他们从小就骑着一匹生锈的竹马

白发落尽也没走到巷子的尽头

我的爷爷奶奶

还有我只活了十三个月的弟弟

他们住到星星的宫殿就不再去想

人世的苦难,他们一直在微笑

只有我迎风落泪的母亲

十年了,她为何还是满眼泪光

我希望在我低头的时候

有一朵白云从月亮的灯下飘来

正好能轻轻擦着母亲瘦长的脸

# 有人

有人在山西叹息日薄西山

仅仅下了一场雪

有人就在山东东山再起


有人在南山做南柯一梦

仅仅一声乌鸦叫

有人就在北风中面北哭泣


有人受了命运的召唤

正午的太阳下

有人举着的灯笼心脏一样鲜红


有人知道太阳提前熄灭的秘密

有人的灯笼

将照亮剩下来的世界

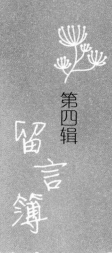

第四辑

留言簿

# 留言簿

### 1

当我在迷宫中挣扎

总是最遥远的人

给了我最近的出路


### 2

灵魂的乌云里

肉体的闪电让一个个夜晚

在鞭打和撕裂中发出怪兽的尖叫

### 3

波浪哺乳着波浪

大海在回归本源的永恒循环中

完成伟大的生长

4

春天用秘密的钥匙

在泥土深处打开花朵

我从虫鸣中听见钥匙转动的声音


5


将军还乡,丢盔卸甲

躺在草丛中不愿起身

他只愿做故乡青草的脚下败将


6

谁能从闪电里救下一朵乌云

谁就能从雷声中

听见寂静

7

眼泪自眼角沿着皱纹

默默地向嘴角流去

它在寻找十年前的哭声

8

疼痛中，我看见

砸中我的石头

都是我多年前扔向天空的

9

没有人相信墨斗鱼能把大海染成黑色

但它从未停止在大海蓝色的画布上

画它喜爱的水墨

10

对一颗子弹的惩罚

就是让它没有飞翔

就准确地击中目标


11

在沙漠深处

我总是从白云的羊群里

找到能挤出奶水的那只


12

诗人用虚构让词语的玫瑰在冬天开放

他希望读他诗的人

伴着爱情在花香中沉醉

13

在妇产医院的阳台上看日出

你会听到太阳出生时

天空也会啼哭


14

不要害怕窗外的黑暗

只要你的内心亮着灯

窗玻璃会成为镜子照亮你

打开天空的钥匙

*Dakaitian Kongdeyaochi*

15

身无分文时在银行门口逗留

那一对死了一千年的石狮子

会在你的恐惧中复活

16

我独坐书房时

经常默念英国诗人萨松的诗句

我心有猛虎在细嗅蔷薇


17

我亲眼看见月亮在木桶里玩耍

我倒掉木桶里的水,月亮却不见了

童年的这次失败让月亮永远挂在天上


18

一个睁着眼睛看见谎言的人

常常在闭上眼睛时

看见真理

19

我对不起父老乡亲

一个官吏白发苍苍镶了满嘴假牙

才说出一句黑白分明的真话


20

老人看见孩子在掏麻雀窝

麻雀在惨叫,老人在颤抖

噩梦醒了三十多年,怎么还有人在抄家

21

海啸过后

大海在早晨的霞光中露出微笑

我害怕这样的微笑

22

把雄猫变成熊猫

对政客们来说

只需要关着门开一次会


23

我一辈子也许也不能从天空中裁下一片蓝

但我不会放弃在词语中寻找梯子

在诗中磨我的剪刀


24

因为飞翔,我经过的地方没留下脚印

因为想象,我没有见过的风景

留下了最美的诗句

**25**

要不要来到这个世界

母亲用难产的剧痛

决定了我一生中性格的犹豫

**26**

我用右手写了二十年诗

直到右手受伤了

左手仍一无所知

**27**

一个杀人犯在去刑场的路上

对警察说，能不能用我杀人的那杆枪

枪毙我

28

一个又一个春天过去了

但我不为铁树担心

它还没找到自己喜欢的花朵


29

我用一整天都没数清一栋楼

有多少扇打开的窗口

我知道一个时代的喧嚣源于太多的嘴巴


30

一个瞎子被汽车撞伤后

伤口成了他睁开的眼睛

他希望这双眼睛能帮他找到肇事者

31

用买剪草机的钱买一群羊

然后教育听话的羊把不听话的草吃掉

这样做一个园丁多么有意义

32

夜晚,为摆脱影子

我把灯关掉

灵魂却从深渊中升起来

33

天渐渐亮了,我将慢慢睡去

患失眠症的预言家

在纸上写这句话时字迹模糊

34

在《辞海》关于"一"的词条中

我找到了诗歌的秘密

就是在最简单的事物上看见复杂性

35

在时间的胃里谁也无法拒绝消化

但我看到铁的斑斑锈迹

我知道时间也会溃疡

36

在你还是一条毛毛虫时

我就给你买好了世界上最美丽的衣裙

这是最能打动蝴蝶的情书

**37**

兰波二十二岁就完成了一生的写作

二十五岁就成为不朽的诗人

上帝不会多给他一分钟时间让他成为其他人

**38**

一只蜻蜓逃脱后

我看见屋檐下的蜘蛛

在夕阳的光芒里织忧郁的网

**39**

每天晚上我从书本里走出后

我会伸伸弯曲的腰

我会听到骨头铮铮的响声

40

画完向日葵

凡·高就知道只有死才会使他成为太阳

照亮他前世今生的黑暗


41

凡·高割下自己的耳朵

他只想让自己

听不见世界向他开枪


42

我在一座火山上挖掘

我相信在熔岩喷发前

我一定会挖出清泉

43

大海里一个漂浮的塑料模特被老眼昏花的人

描绘成魔鬼身材的女人在裸泳

这使海水沸腾的假消息让我学会了游泳


44

面包填饱我们的肚子

若干年后，我们只记住了

果酱的味道

45

火车准点停车

但我要下车的那个赤壁还没有到

空间的错位让时间毫无意义

46

哑巴想用刀在自己的手腕上开口说话

哑巴没想到他在疼痛中流出的血

也是沉默的

47

我宁愿忍受着黑暗

也不会对一根蜡烛承诺

痛哭一场黎明就会来临

48

我被时代远远抛在后面

我只有转身走回我出发的地方

我只能用这样的方式成为先锋

49

一粒沙让我看清世界

一粒沙又让世界变得模糊

这中间我仅仅眨了一下眼睛

50

在黄河入海口

有很多水被大海深深地爱着

但它们不肯蓝，不肯改变自己的肤色

51

在梦里把我推下悬崖的人

常常是我早晨出门遇见的

第一个向我微笑向我说早安的人

52

海枯,石烂

海不枯,石不烂

永远的相互爱恋,永远的相互折磨

53

有腥味在大街上弥漫时

我抬头看天

月亮像一只死鱼的眼睛

54

蚂蚁的诗篇要放声歌唱

大地的诗篇只能低语

甚至默不作声

55

有些玫瑰的凋谢

跟爱情无关

它们厌倦了自己的芳香

56

果园里，总有一些果子

自己从枝头落到地上烂掉

它们还给土地，并提醒我们得到的太多

57

一生卑躬屈膝的人

将顶天立地的希望寄托于死亡

寄托于一块墓碑

58

一只猫在路边独往独来

它在喧嚣中体验老虎的孤独

但它永远不敢深入丛林


59

吸烟者

在自己吐出的烟圈中

陷入迷茫


60

麻雀在地上跳动

为几颗谷粒

它将找出一百个理由证明翅膀的无用

61

篝火熄灭了

跳舞的人睡梦里露出肤浅的快乐

我借着星光在灰烬中寻找能复燃的词

62

我永远不知道正午大街上来去匆匆的人群

他们是开始还是结束

光明中有比黑暗中更多的神秘

63

如果没有风

我将长久地统治大地

太阳,剥夺了大雾幻想的权利

64

灵感来自激情

激情误用身体

身体用衰老等待思想的支撑


65

午夜大街上

一个梦游者对另一个梦游者说

走在我们前面的那个人在梦游


66

乞丐在黎明的雪中发抖

悲悯者只希望太阳早点出来

而不会脱下自己的棉衣

67

思想的硕果是以身体

年复一年的刀伤为代价的

波罗蜜的启示让我战栗

68

他用巨大的钻石为她打造皇冠

让她光芒四射又不堪重负

爱成了折磨

69

他一生中最灿烂的夕阳

是在医院的阳台上看到的

他将生命的辉煌归功于意外的疾病

70

浪花是大海在风中沐浴

海鸥是大海在梦中飞翔

我是大海在沉思中一直未能表述出来的意义


71

闪电穿透乌云不是为了照亮自己

闪电只呈现乌云的黑暗和天空的辽阔

闪电在写诗


72

一声鸟鸣

让我在抬头的瞬间

向不需要我报答的天空学会了宁静

73

大师将词语的风筝

用技艺的线牵在手中

飞得越高,越懂得控制


74

在大海中

我的绝望

来自于我的眼睛无法容纳的蔚蓝

75

冰已融化

但水没有急着流动

它在怀疑春天是否真的来过

76

感谢黑暗

他站在炫目的光环中接受太阳的勋章

他的获奖感言让人意外


77

从花凋谢,果子开始青涩的梦

树叶们就盼着回归大地

等采摘果子的人到了树才放弃对叶子的挽留


78

我曾相信,只要能再次入睡

我就能返回梦中

我睡着了,等待我的却是另一个梦

**79**

我一直试着给风画一双眼睛

让它看清我在干什么再吹我

我永远不会成功

**80**

井水倒映着天空

我看见一只青蛙在井底练习飞翔

但愿我的影子不是青蛙的乌云

**81**

在电梯中迷路

在家门口找不到钥匙

在镜子里不认识自己

82

原谅蜜蜂

它在欢乐中毁坏的

花朵正在忧伤中慢慢恢复


83

少小离家老大回

儿童相见不相识

多少人,在自己的故乡成了异乡人


84

火在风中撕咬

隔岸观火的人满脸阴笑

无论胜负,灰烬是它们共同的结局

85

沉默的鸟群从我窗前飞过

我多么想听到它们的叫声

并且这叫声不是因为它们受到惊吓

86

他害怕在镜子里看见自己

他打碎镜子

每一个碎片都成了一只盯住他的眼睛

87

一阵风,抓住一片枫叶不放

枫叶在奔跑

风找到了自己在冬天的温暖

打开天空的钥匙

Dakaitian Kongdeyaoshi

88

其实,他是最早醒的人

说他昏睡不醒的人不知道

他只是不愿意睁开眼睛


89

寂静的礁石让波浪

开出轰鸣的花朵

再简单的问题大海也会给出复杂的答案


90

缤纷的大街谎言喧哗

我关着窗,在一本线装书里

看真理的默片

91

为黑暗大地上仰望星空的人

永不熄灭的信仰

天庭门口,无数的星星在含泪静坐

92

如昊不打开水龙头

我永远不会听见

这些远走他乡的水在水管里的哭声

93

驴月骡子证明了它的魅力

愚蠢的人总能找到更愚蠢的人

证明自己的聪明

94

如果只有磷火

才能划破夜晚的黑暗

谁会献出自己的骨头


95

我一直在犹豫

要不要将我书房的那只老鼠赶走

它和我一样靠啃书本和文字活命


96

当彩虹给天空围上围巾

在雨中失恋的人

会更加孤单,寒冷和忧伤

### 97

两个孩子以一尊铜像为靶子练习弹弓

我大声呵斥他们,但铜像一脸慈祥

原谅了孩子的快乐

### 98

夕阳里,我用我的影子提前通知

一群忙碌的蚂蚁夜晚即将来临

我不知它们是感谢,还是埋怨

### 99

雷声是乌云在呼告

大地上的人啊,千万别害怕

我黑暗的内心只有泪水

100

我一次次安慰下地狱的人

那些上天堂的人

人间为他们送行时敲响的也是丧钟


101

云囚禁着雨水

不让雨水向大地传送天空还蓝着的消息

我因此在阴天感到压抑


102

内心涌动的泪水让我写诗

但不到我写出来的那一刻

我的眼睛是不会流出眼泪的

**103**

我戴着脚镣走路

可当我知道无法找到打开脚镣的钥匙

脚镣发出的声音比《命运交响曲》更让我入迷

**104**

我仅仅沉默了半个小时

但我经历了三种沉默

无话可说,不想说,无从说起

**105**

在葬礼上的哭声中听见笑声

在婚礼上的笑声中听见哭声

谁是喜鹊,谁是乌鸦

106

为唤醒沉船

大海的波涛

永不停息


107

他藏得太深

找到他的最好办法就是放弃寻找

这是小时候玩捉迷藏游戏给我的启示


108

冷的时候

我看见满天的星星都在颤抖

包括曾向我眨温暖眼睛的那几颗

## 109

蝴蝶是花朵梦见自己在飞舞

花朵是蝴蝶停在枝头等待蜜蜂的赞美

我只写下这两句,春天就远去了

## 110

这个晚上,我竟然从一些陈旧的事物中

榨出一杯杯鲜美的橙汁

但愿我的回忆永远如此美好

## 111

经验的铁砧上

诗的铁锤在敲打着烧红的词语

冷却,让一块即将熔化的铁成为镰刀

112

我愤怒,不是因为我的脚痛苦

而是你给我小鞋穿

又不允许我让小鞋变形

113

一座高楼会不会被它脚下水洼淹死

雨后,我看见不足两厘米深积水里

高楼的倒影像尸体漂浮

114

如果我不熄灭,一定会灼伤你

如果我熄灭,你一定会扑向另一团火

这是爱上飞蛾的人一生的困惑

## 115

落花有意，花落无意

流水无情，水流有情

我常常陷入词语变化的陷阱中

## 116

直到雨落在我脸上

我才知道乌云是无辜的

雨用透明的泪水诉说乌云的清白

## 117

一匹马，在画布上遇见

它钟爱的画家

这是马的幸运，还是画家的幸运

118

他渴望得到的爱情

再一次毁于一朵

装模作样的玫瑰


119

蝉噪林愈静

我享受着这寂静

又为蝉无法享受自己制造的寂静惋惜


120

浪花是大海在洗自己蓝色的扑克牌

但除了礁石

永远没有人有耐心等大海把牌洗好

**121**

在黑夜里经历怎样的悲痛

他才会将黎明到来时

他看见的所有的露珠都当成大地的泪水

**122**

父亲打电话说故乡的麦子熟了

我只能在愧疚的磨刀石上

磨着月亮的镰刀

**124**

打开天空的钥匙

**123**

看着小狗剧烈摇摆的身子

他才知道即使剁掉尾巴

狗也不会向停止向主人摇尾乞怜

124

隔壁有人在痛苦呻吟

他唯一能做的

就是将电视联欢晚会的音量调到最大


125

将这把火火化

是谁在生活中向我发出这样的指令

我只能让这把火越烧越旺


126

我将一只蚂蚁从雨中救起

但我却没有在太阳出来将它送回家

多年来,我一直在担心它从此步入歧途

127

春心荡漾,招蜂引蝶

花朵不会因为风言风语停止开放

它懂得果实会为它完成所有的救赎


128

疼痛,是伤口在说出真相

是伤口活着的方式

伤口愈合,是身体让灵魂闭嘴

打开天空的钥匙

129

在众人的兴奋和喧闹中

一场迟到的雨淋湿了它不愿意淋湿的事物

我在等众人沉默,我只想让雨自己下

130

他想起遥远的旧爱

而此刻他只能抱着眼前的新欢

他默念着策兰的诗：我从两个杯子喝酒

131

从五十八楼的窗口看下去

停车场上的每一辆车

都是他童年的玩具

132

没有蜜蜂，我看见

一朵花在即将凋谢的黄昏

接受了一只苍蝇

**133**

我不担心我手中的笔会干涸

只要灯不熄灭

我就能从我墙上的影子里挤出墨水

**134**

戏散场了,我才到达剧院

我听见每一张椅子都在说

你终于有一次不用中途离场了

**135**

为在大海捞到针

上帝同意我舀干海水

但它没告诉我哪里能装下我舀出的海水

136

天还没亮,我就出发

我希望送我远行的父亲给我一个火把

但他只给了我两块燧石


137

中年唯好静

静到能从一只子夜的苹果

听见岁月匆匆的鼓声


138

拉开窗帘,阳光正照在画中的雪峰

我担心,雪会融化

将这幅画打湿

**139**

广场上，为一粒玉米

两只鸽子在打斗

人们在等待胜负，乌鸦在祈祷和平

**140**

她是个聋子，但她钻石耳环的光芒

让无数人为她的耳朵

写下赞美诗

打开天空
的钥匙
*Dakaitian Tiankongdeyaoshi*

**141**

大雪压断了树枝

天空减轻自己的重负迎接春天

春天用绿叶替天空向大树道歉

142

深冬的草原,我感伤的

不是失去羊群的孤单

而是两根枯草在风中的依偎


143

还是那片天地

将围墙变成栅栏

很多人就以为自由了


144

让说谎者高昂着头唱天空的赞歌

我只低着头,让我的思想

接近我心脏的跳动

**145**

在一条谎言大街的小小角落

我摆了一个真理的小摊

我风雨无阻地守着，但不知道如何叫卖

**146**

你的沉默，是我沉默的回声

你的孤独，是我孤独的镜子

你的忧伤，是我忧伤的影子

打开天空的钥匙

**147**

身体的蜡烛

一定要经受眼泪的煎熬

才会有思想的光芒闪耀？

148

落叶是树在宽衣

仅仅为了一场雪

树愿意在寒风中赤裸着身体


149

我看见的都是白棋

看不见的黑棋在哪里

星空的棋盘,谁在跟谁对弈


150

一个人最深的绝望

是他想自缢时

天地间只剩下一根彩虹做的绳子

151

那么多花瓣卷了进去

一个漩涡

让一生平静的河流绯闻缠身

152

太阳出来后,我发现

在聚光灯下越高大的人影子越长

越容易被人抓住尾巴

153

群蜂喧闹,花朵用凋谢

将自己的芬芳退回到内心

她在默默等待果实的来临

154

在酒桌上,我经常看见

试图用冰块熄灭酒中火焰的人

被烧得满脸通红


155

他在你嘴唇的火焰里

啜饮着滋润心田的甘泉

是爱,让水火相容


156

我醒着,隔壁也有人醒着

你睡着了,我希望隔壁的人

将我的叹息听成你的鼾声

157

站在镜子前，我说我老了

镜子里的我也说我老了

我厌倦镜子里的我，因为他从不反驳我


158

停电了，我问父亲有蜡烛吗

父亲点燃了煤油灯

是三十多年前陪我考上大学那盏

159

因为人们和我一样都在沉睡

因为在黑暗中醒着的人只有沉默

一只公鸡，就成了黎明的预言家

160

老鼠和人的 DNA95% 是相同的

老鼠说如果上帝给它翅膀它就是天使

上帝答应了,于是岩洞里一群蝙蝠乱飞


161

尼采说:到女人那里去,别忘了带你的鞭子

很多男人这样做了

结果却是当着女人的面用鞭子抽打自己


162

被称作立交桥的,桥本身

都是凌空高蹈,从未相交

由此我想到诗人为事物命名时一定要精确

163

无聊的夜晚，你胡乱在电话机

按了几个号码，就有人喊你——喂

你感到数字时代的恐惧


164

人们相信，拔光了羽毛的乌鸦还是乌鸦

但拔光了羽毛的孔雀一定不是孔雀

因此，我原谅了一个明星的堕落

165

浪越来越高，浪再高一点

大海就会翻过身来

大海总是在我有这样的担心时恢复了平静

打开天空的钥匙
Dakaian Tiangkongde

166

我只有一个作业本

我用遗忘的橡皮擦将昨天写的字擦掉

因为明天还有生字要抄写,还有新词语等我造句


167

生活,就是在一片绿洲做一个牧羊人

而艺术,就是在浩瀚的沙漠

当一个国王


168

为一本写诗的稿纸,索德朗格卖掉

自己最心爱的内衣和最后一瓶香水

缪斯是残酷的,缪斯也是仁慈的

169

那些以为将钢琴扔进大海

就可以消灭音乐的人

最怕听见涛声


170

他对女人一切天才而美好的想象

都源于他对女人的

咬牙切齿的偏见

171

上帝在我相信他的那一刻对我说

你没有拥有物质的当下

一定会拥有精神的未来

打开天空的钥匙

172

仅仅因为你在大洋的另一边

我看到日薄西山,正是你看到的日出东山

伟大的悖论让太阳每天都是新的


173

死亡,是最深的沉默

死亡,是打破沉默最响亮的呼喊

一个人的死亡,宣告无数人的复活


174

岛屿,是大海歇脚的地方

山谷,是风歇脚的地方

身体,是灵魂歇脚的地方

175

我只愿和真理争辩

我宁愿输给真理而懊恼

也不愿识破谎言而欣喜

176

我只对有信仰的人说

大海一定会染蓝

它的每一块礁石

177

如果没有遗忘的麻醉剂

谁能在岁月的手术台上

用爱的回春妙手切除恨的恶性肿瘤

打开天空
的钥匙
Dakaian Tangkeyaochi

178

我不染发,越来越多的白发

守着越来越深的皱纹

只有沧桑能抵抗虚无?


179

漂泊的途中,我不愿停下脚步

我扎根的地方

就是我最后离开世界的地方


180

一场大病之后

我不再对我的身体唯命是从

我开始往我身体的酒杯加注精神的纯净水

181

厌倦蜂蝶

又害怕凋谢

果实,是花朵苦闷的结果

182

诗人必须有这样一双眼睛

在冰的镜子里看见花的绽放

在露珠的闪光中看见黑夜留下的足迹

183

我对饮鸩止渴这个词最刻骨铭心的理解

是我决定用喧嚣

去治疗我的孤独症的那个时刻

184

诗歌让我相信

我可以一无所有

但绝不会毫无所为

185

他恐惧的不是死亡

而是他看到他曾经无限热爱的事物

也在等候着他的死亡

186

直到被咬得遍体鳞伤

你才醒悟

独裁者露出的白牙齿不是笑容

187

下弦月，你这天空的斜眼

没有太阳的余晖

你敢鄙视茫茫大地

188

不把每一朵浪花染成金色

太阳是不会沉落的，在傍晚的大海上

我看见落日有比早晨更大的激情

189

如果独裁者忏悔

他绝不是乞求宽恕，也不是害怕惩罚

他恐惧的是被历史遗忘

190

半年过去了,没人看见那堆碎石的变化

但它内部的秩序每天都在改变

因为,我每天都会因为无聊挪动几颗


191

我擦亮最后一根火柴

我绝不会因为火柴瞬间就会熄灭

而放弃对黑夜的抵抗


192

青苔是石头挽留住的时间

我却在这块石头上

滑倒

**193**

我亲眼看见这条河流进了大海

但我问遍每一朵浪花

都没有打听到它的下落

**194**

没有浪花的喧嚣

你听不懂礁石的

沉默

打开天空的钥匙

**195**

篝火熄灭了

高原上只剩下一个人

我从未想到满天星星竟如此拥挤

196

将石头踩在脚下的人不会想到

他倒下了,这块石头站起来了

成了他的墓碑


197

我不需要面具

我只对永远把我当人看的人

偶尔扮一下鬼脸


198

池塘里有月亮

因为池塘里的水

也是来自天上

199

没有谁能不途经黑夜抵达黎明

星光,是你抵达黎明之前的

慰藉

200

风吹湖面,在一圈圈涟漪里

我看见了时间的皱纹

我人生的秋季在这个瞬间来临

打开天空的钥匙
Dakaitian Kongdeyaoshi